장난천재 괴걸 조로리

㉓ 위험한 게임

하라 유타카 글·그림

조로리는
오락실 입구에 있는
공짜 게임기를
여덟 시간이나
독차지하고
있습니다.

2

가시몬에게
납치된
미앙
공주를
당신은
구할 수
있을까?

빨리
구해
줘요.

칼 대신
조종기를
들고 악당을
물리치는 자는
바로
당신!

MINITENDON⁶⁴
MM

곧 출시 기대하시라!

이 게임은 민텐도 64용 게임입니다.
다른 기종에는 사용할 수 없습니다.

선착순 5000명에게
미앙 공주의 피규어를
함께 드립니다.

특정 번호가 있음

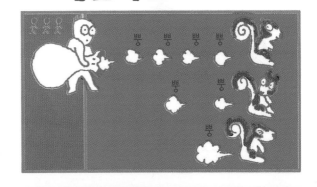

HETORIS

다람쥐의 방귀를 모으는 게임

헤토리스도 재미있어요.

게임 속 모험이 드디어 끝났습니다.

"대단해. 역시 조로리 사부님이셔.

최신 게임을 단 여덟 시간 만에 끝내 버리다니!"

이시시가 칭찬을 하자

"뭐, 이 정도는 아무것도 아니야."라고

조로리가 의기양양하게 말하며

게임 조종기를 내려놓으려고 할 때였어요.

화면에서

미앙 공주가 슬픈 표정을 지으며

조로리에게 말을 걸었습니다.

"게임은 아직 끝나지 않았어요.

저는 여전히 이곳에 갇혀 있잖아요."

"앗, 뭐라고?"

조로리는 당황한 얼굴로

미앙 공주를 바라보았습니다.

"괜찮아요. 지금부터

제가 말하는 대로 버튼을 누르세요.

십자 모양의 버튼에서

위쪽을 네 번, 아래쪽을 세 번

그리고 당신의 코로 A 버튼을 여섯 번.

자, 빨리 누르세요."

조로리는 자신도 모르게 미앙 공주가 시키는 대로

조종기를 눌렀습니다.

그러자

화면이
양쪽으로
갈라지더니
미앙 공주가
튀어
나오는 게
아니겠어요!

8

조로리는

무슨 일이 벌어진 건지 멍했어요.

게임 속에 있던 미앙 공주가

갑자기 뽀뽀를 해 주어

가슴이 쿵쿵 뛰었습니다.

"지금부터 저랑 같이 가요."

미앙 공주는 조로리를 데리고

후다닥 뛰었습니다.

이시시와 노시시도 서둘러 뒤쫓았어요.

조로리 일행이 멀리 사라지고 있을 때

화면의 갈라진 틈에서 어두운 그림자가

여러 개 빠져나왔습니다.

하지만 아무도 알아채지 못했어요.

그날 밤도 조로리 일행은

여느 때처럼 밖에서 자야 했습니다.

"미앙 공주, 오늘 우리가 잘 곳은 이 공원이야.

미안하지만 좀 참아 줘."

조로리가 그렇게 말하자 미앙 공주가 말했어요.

"어머나, 이런 게 캠프인가요?

별님을 보면서 잘 수 있다니

한번 해 보고 싶었어요."

공원에서
모닥불을 피우면
안 돼요.

공원에서 캠프하는
것도 안 돼요.

미앙 공주가 좋아하는 것 같아

조로리는 마음이 놓였습니다.

"그런데 아까 게임 말이야,

공주를 게임기 밖으로 구해 내는 게임이었어?"

① 아니에요.
그런 게 아니라
내가 게임
나라에서
빠져나오려고
마음먹은 거예요.

게임 속에서
나는 항상
갇혀 있기만
했거든요.

② 드디어 용감한 기사가
구하러 오셨나 싶으면
게임은 끝나 버려요.

③ 다음 게임이
시작되면 나는
또 몬스터에게
잡혀 갇혀
버리지요.

14

이런 생활이 계속되는 게 싫었어요.
나도 보통 여자아이들처럼
자유롭게 놀고 싶었답니다.
그래서 몬스터들에게 잡혀 있는 동안
게임에 대해 조사했어요.

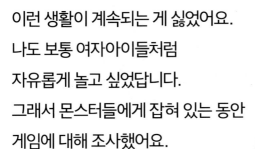

뭘 찾았어?

앗, 이건!

그러던 중   찾았어요!

"게임에서 빠져나올 수 있는 비법을요.

나는 게임에서 이긴 사람에게

도움을 구하려고 했어요.

그 사람이 마침 조로리 씨였답니다.

정말 고마워요.

내일은
뭘 할까?
루루룰루."

기대에 찬
미앙 공주는
어느새 쿨쿨
잠이 들었습니다.

조로리는 이시시, 노시시와 손을 맞잡고 악수를 한 다음 잠자리에 들었습니다.

다음 날,
미앙 공주는
눈을
뜨자마자
이렇게
말했습니다.

저, 조로리 씨.
저는 옷을 사러
가고 싶은데
괜찮죠?
성에서는 항상
긴 드레스만
입어야 했어요.
그래서
편한 옷을 입고
맘껏 뛰어다니고
싶어요.

좋아.
이 몸에게
맡겨
두라고!

헉,
옷 가게가
너무
많아!

옷 가게들이 길 양쪽으로
죽 늘어서 있습니다.
"아, 어쩌지.
이 꽃무늬도 마음에 들고,
저 물방울무늬도 예쁜데……."
미앙 공주는 한참 동안
고민한 뒤

핑크
블라우스와
체크무늬
치마를
골랐습니다.

미앙 공주가 이 옷 저 옷, 고민하며
옷을 갈아입는 장면은 공간이 부족해서
그릴 수가 없었어요.
여러분이 책 뒤표지에 있는 옷을 오리거나
오른쪽 아래에 있는 옷을 복사해서
색칠하거나 무늬를 그려
옷을 갈아입혀 보세요.

이 옷을 복사한 다음
색칠을 해서
직접 만든 옷을
입혀 보세요!

자르는 선

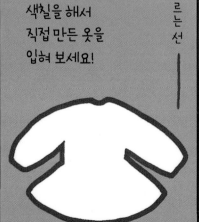

"귀찮아!"
이렇게 불평하는 어린이는
그냥 책을 읽으세요.
(하지만 해 보면 재미있을걸요.)

"저기, 조로리 씨. 이 옷 어울리나요?"

 "으, 응.

그렇지? 이시시, 노시시."

 "아아, 정말 잘 어울리는디유."

 "정말 아름다워유. 공주님."

 "그런데 머리 모양이 옷이랑

안 어울리는 것 같아요.

짧은 머리를 해 보고 싶어요."

그러더니 미앙 공주는 긴 머리를 휘날리며

미용실로 달려가

이런 짧은
머리로
바꾸었습니다.

저녁 무렵 조로리 일행은

지친 몸을 이끌고 공원으로 돌아왔습니다.

미앙 공주를 따라다니느라

힘든 하루였습니다.

쇼핑하는 건 보통 일이 아니었어요.

후우-

공주님이
입었던 드레스

잘 준비를 하는 조로리에게

이시시가 말했습니다.

"조로리 사부님, 아르바이트를 해서 모았던

돈을 다 써 버렸어유.

보세유. 일 원 한 푼 안 남았는디유.

어떡하지유?"

그 말을 들은 미앙 공주가 말했어요.

"돈이라고요?

아, 금화를 말하는 거군요.

그거라면 마을 밖으로 나가

몬스터 대여섯 마리를 해치우면 얻을 수 있어요.

그러니 걱정하지 말아요, 조로리 씨.

후훗, 내일은 놀이공원에 가요. 알았죠?"

그러고는 금방 잠이 들었어요.

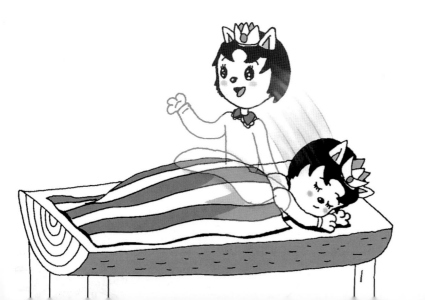

여긴
게임 세계가
아닌디.
그렇게 쉽게 돈을
벌 수는 없잖아유.
안 그래유,
조로리 사부님?

네 말이 맞다.
하지만
놀이공원에 가기 위해
돈을 버는 일은
곧 성을 손에 넣어
이 몸이 왕이 되는
첫 걸음인 셈이라고!
히히히.

28

조로리는
벌떡
일어서더니

이시시,
넌 여기 남아서
공주를 지켜라.
노시시는 나랑
아르바이트를
찾으러 가자!

라고 말을 하고
서둘러
공원에서
나왔습니다.

잠시 후
조로리와
노시시는
도로 공사
아르바이트를
찾았어요.

둘은 날이
밝을 때까지
묵묵히 일을
했습니다.

조로리와 노시시가 공원으로 돌아와
한 시간 정도 꾸벅꾸벅 졸고 있을 때
미앙 공주는 벌써 잠이 깼습니다.

미앙 공주는 놀이공원에서 여러 가지 놀이 기구를 탔어요. 기분이 최고였지요.

조로리 사부님, 미앙 공주님이 엄청 즐거워 보이는디유.

응. 저렇게 신나 하니 다행이구나.

날이
어두워질 무렵
이시시가
조로리에게
귓속말을
했습니다.
"뭐라고?
그게
정말이냐?"

아르바이트를 해서 번 돈이
다 떨어졌다는 말이었어요.
하지만 미앙 공주는
그런 사실을
전혀 몰랐지요.

이번엔
특급 열차를
타요.
자, 여기예요,
여기!

미앙 공주는 가벼운 발걸음으로

매표소로 달려갔습니다.

"조로리 사부님,

표를 한 장만 사도

이천 원이 모자라는디유.

어, 어쩌지유?"

셋이 머리를 맞대고 고민하던

그때였습니다.

까악, 살려 주세요 !

조로리 일행이 뒤를 돌아보니

무시무시한 몬스터들이

미앙 공주를 둘러싸고 있었습니다.

몬스터들은 미앙 공주를 잡아가기 위해

게임 속에서 나온 게 틀림없습니다.

"좋아, 미앙 공주를 구해야겠다.

너희는 나를 따라와!"

조로리는 말을 끝내자마자

몬스터들이 모여 있는 곳으로 뛰어들었습니다.

외눈박이
외눈몬은
오른쪽 뿔,
질펀질펀
질펀몬은 코끝,
돼지공작몬은
주둥이가
약점이다.

이틀 전에
게임을 해 본 조로리는
몬스터들의 약점을
모조리 알고 있었습니다.

이시시, 노시시는 조로리의 말을 듣고
몬스터들을 공격했어요.
몬스터들은 털썩털썩 쓰러졌습니다.
그 틈을 타 조로리는
미앙 공주와 놀이공원 밖으로
빠져나왔어요.

넷은 무사히 공원으로 돌아와

안도의 한숨을 쉬었습니다.

 "조로리 씨,

구해 줘서 고마워요."

 "후유, 아슬아슬했어!"

 "돈도 다 떨어져 아슬아슬했어유,

조로리 사부님."

이시시가 쓸데없는 말을 했습니다.

"어머나, 그럴 리가요.

그렇게 많은 몬스터를 없앴으니

틀림없이 지갑에 금화가 가득할 거예요.

참, 내일은 노래방에 가고 싶으니

꼭 데려가 주세요.

그럼 안녕히 주무세요."

미앙 공주는 밝은 표정으로 말하고는

금방 잠이 들었습니다.

조로리 일행은 이제부터 일하러 가야 합니다.

"오늘 밤은 노시시,

네가 미앙 공주를 지킬 차례다.

아무쪼록 몬스터들을 조심해라."

그렇게 말하고 조로리는 이시시를 데리고

미앙 공주가 깨지 않게

살금살금
아르바이트를
하러 갔습니다.

헉
헉

뜨ㅁㅇ뉘ㅁ우

다음 날 아침,
조로리와 이시시가
지친 몸으로
돌아온 순간
미앙 공주가
눈을 번쩍 떴습니다.

어머,
여러분 오늘은
일찍 일어나셨네요.
빨리 노래방에
가고 싶었군요.
사실은 저도 그래요.
자, 갈까요?

미앙 공주는
조로리의 손을
잡아끌며
아침 일찍부터
문을 연
노래방으로
성큼성큼
들어갔습니다.

미앙 공주는
마이크를 놓지 않고
계속 노래를 부르며
춤을 추었어요.
자유의 몸이 된 것이
기뻐서 어쩔 줄
몰랐습니다.

조로리
일행은
전혀
신경 쓰지
않고
열 곡,
스무 곡,

노래방 베스트 10	
바스커바스커	벚꽃엔딩
라포엠	MIRROR
씨스트	혼자
티태서	Twink
이은이	애인 없어요
마이유	나랑 너
롤랄라세션	동쪽 하늘
허걱	너를 사랑했던 사람아
김밥수	보고 싶어
박지영	곡소리

호평발매중

서른 곡
즐겁게
리듬을
타며
계속
노래를
했습니다.

차라리 그게
조로리 일행에게는
고마운 일이었어요.
왜냐하면
푹신한 소파에서
편하게 잠을 자며
쉴 수 있었거든요.

49

조로리 일행이 눈을 뜨자

어느새 밤이 되었습니다.

"아, 재미있었어.

노래를 너무 많이 해서 목이 마른걸.

내일은 오락실에 가서 게임을 하고,

스티커 사진도 많이 찍어야지.

와플이랑 아이스크림도 먹고 싶어!

우훗, 내일도 바쁘겠네.

여러분, 난 먼저 돌아가서 잘게요.”

미앙 공주는 조로리 일행을 남겨 두고

재빨리 공원으로 돌아갔습니다.

조로리 일행은 청구서를 들고

계산대로 갔습니다.

이번에는
노래방에만
있어서
돈이 많이
안 들었을 거라고
생각했지요.
그런데 아시다시피
이시시와 노시시는
먹보들입니다.

순식간에
그 많은
음식들을
먹어
치웠습니다.

덕분에
아르바이트를 해서
번 돈을 다 쓰고
말았어요.
셋은 텅텅 빈
지갑을 들고
공원으로
돌아왔습니다.

영수증의
엄청난
길이를
보세요!

53

어쨌든 노래방에서 잠을 푹 자서
조로리는 다시 기운을 차렸습니다.
"공주의 마음을 사로잡기 위해서
조금만 더 노력하면 되겠지?
이렇게까지 했는데 여기서 물러설 수는 없지.
자, 노시시! 아르바이트 하러 가자.
이시시, 공주님을
잘 지켜야 한다.
부탁한다. 헤헤헤. 그럼 다녀올게."

그러고는 조로리와 노시시는

씩씩하게 걸어갔습니다.

미앙 공주는 조로리의 활기찬 목소리에

잠이 깼습니다.

'어머, 조로리 씨가 어딜 가는 거지?

나한테는 아무 말도 안 하다니 너무해.

나도 가야지!'

미앙 공주는 벌떡 일어나

조로리를 뒤따라갔습니다.

"앗, 어딜 가유? 기다려유.

조로리 사부님한테 혼난단 말이에유."

이시시도 서둘러 미앙 공주를 쫓아갔습니다.

이시시가 겨우
미앙 공주를 따라잡았어요.
미앙 공주는 나무 그늘에 숨어
조로리와 노시시가
일하는 모습을
이상하다는 듯이
바라보았습니다.
그리고 뒤를 돌아보며

"저기요,
조로리 씨가
지금 뭘 하는
건가요?
별로 즐거워
보이지
않아요."
라고 말했어요.

"무, 무슨

소릴 하는 거예유?

조로리 사부님은 돈을 벌려고

일하는 거구먼유.

여기서는 몬스터를 물리쳐도

금화 같은 건 못 얻어유.

미앙 공주님이 입고 있는 옷도,

놀이공원에서 쓴 돈도

조로리 사부님이 열심히 일해서

번 것이란 말이에유."

그 말을 들은 미앙 공주는

가슴이 뜨거워지며

눈물이 한 방울 뚝 떨어졌습니다.

"조로리 씨가

잠도 못 자고 돈을 벌고 있었다니…….

그저 노는 데만 정신이 팔렸던

난 정말 바보야.

조로리 씨에게 고맙다는 말을 해야겠어."

미앙 공주가 조로리가 있는 곳으로

달려가려는 순간,

61

갑자기 나타난 거대한

몬스터에게 붙잡히고 말았습니다.

미앙 공주의 비명을 들은

조로리가 쏜살같이 달려왔습니다.

"괴물 녀석들, 겁도 없이 또 나타났구나.

미앙 공주를 놓아주지 않으면

꺄아—악!

이 몸이 용서하지 않겠다!"

조로리가 곡괭이를 들고 소리쳤습니다.

그러자 몬스터들은 조로리를 둘러싸더니

뭐, 뭐야?
이게 어떻게
된 거지?

한꺼번에
무릎을 꿇었어요.
"부탁합니다. 미앙 공주가
게임 나라로 다시 돌아오게
해 주십시오."
몬스터들은 눈물을 흘리며
부탁했습니다.
조로리가 당황해하고 있는데

앗!

미앙 공주,
이제
그만하지
못하겠니?

몬스터들을
헤치고
누군가
앞으로
나왔습니다.

아바마마!

바로 게임 나라의
임금님이었어요.
"네가 없어지고
나도, 네 엄마도
걱정이 되어
한숨도 자지 못했다.

그뿐인 줄 아느냐. 여기 있는 몬스터들도

미앙 공주, 네가 없으니

게임을 시작하지 못해 혼란스러웠다.

모두 네가 돌아오기만을

바라고 있는 걸 모르겠느냐?”

미앙 공주는 그 말을 듣자마자

아아, 나는 몰랐어요.
그저 놀고 싶은 마음에
게임 나라를 빠져나와 조로리 씨에게도,
게임 나라의 여러분에게도
피해를 주었군요.
내가 없으면 게임이 시작되지 않으니
다들 아무것도 할 수 없군요. 미안해요.
저, 게임 나라로 돌아갈게요.
그리고 내가 해야 할 일을
제대로 할게요.

미앙 공주는 단호한 목소리로 말하더니
별안간 슬픈 표정으로 중얼거렸습니다.
"하지만 조로리 씨와
더 이상 놀러 다닐 수 없다는 게 슬퍼요."
그때였어요.

"아냐, 아냐. 그렇게 슬퍼하지 마.

이 몸이 게임 나라로 가면 되잖아."

조로리가 미앙 공주의 손을 잡으며 말했습니다.

"정말인가? 거참 반가운 소릴세.

놀이공원에서 몬스터들과 싸우는

쪼옥∥

자네 모습은 정말 멋졌어.

정의의 용사로서 게임 나라에 올 자격은 충분해.

꼭 우리 딸과 결혼을 해서 내 뒤를 이어 주게."

임금님은 조로리의 손을 꽉 잡고 흔들며

말했습니다.

그건 조로리가

꿈에 그리던 일이었어요.

"우아, 좋아요 좋아.

물론이죠. 물론이고말고요.

"이제 결정되었으니 게임 나라로 돌아가

결혼식 준비를 해야겠구나."

임금님이 말하자 이시시와 노시시도 신이 났습니다.

"앗싸, 축하해유.

드디어 조로리 사부님이 결혼하시는구먼유.

우리도 돕길 잘했구먼."

모두 조로리를 헹가래 치며

축제 분위기가 이어졌습니다.

그때 게임 나라에 남아 있던 몬스터가

급하게 달려왔어요.

"크, 큰일났어요.

오락실 사장이 우리 게임 카드를 부수려고 해요."

그러니까 말이에요.

오락실 사장이 삼 일 동안

시꺼먼 줄이 생긴 채

작동이 안 되는 게임기를

어떻게든 고쳐 보려고 고생했어요.

그런데 무슨 수를 써도

고칠 수가 없자

최신 게임은 한 사람당 십 분씩만 하세요.

결국
화가 난
거예요.

으아!
열 받아.
이따위 게임 카드
꼴도 보기 싫다!
쇠망치로
박살내 주마!

이거
큰일입니다.
이대로
게임 카드가
망가지면
다들
돌아갈 곳이
사라져
버리고 맙니다.

"이제 다시는 게임 나라로
돌아갈 수 없을지도 몰라."
"우리는 여기서 살아야 되는 건가."
임금님과 몬스터들은 머리를 감싸쥐었습니다.
"임금님! 포기하기엔 아직 이릅니다.
이 몸에게 맡겨 주세요!"
조로리는 그렇게 말하고 쾌걸 조로리로 변신해
번개같이 오락실로 달려갔습니다.

과연 조로리는
게임 카드를
지킬 수 있을까요?

그 무렵에 오락실 사장은

게임 카드를 내려다보면서 중얼거렸어요.

"큰 맘 먹고 산 최신 게임인데

완전히 못 쓰게 돼 버렸잖아!

젠장, 틀림없이 그 괴상한 여우 녀석이

망가트렸을 거야. 에이, 괘씸한 녀석."

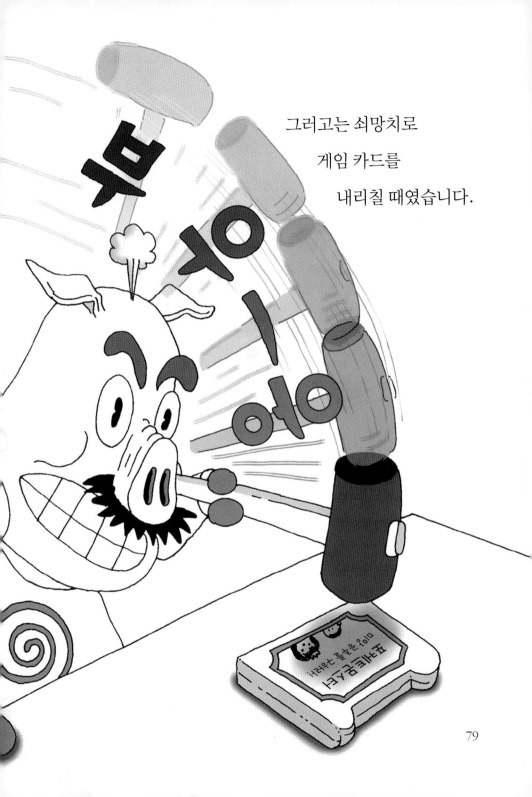

그러고는 쇠망치로

게임 카드를

내리칠 때였습니다.

우웩!

쇠망치는 조로리의 코에 명중했습니다.

아슬아슬한 순간이었어요!

조로리는 뾰족한 코로

게임 카드를 지켜 냈습니다.

"이봐, 위험하게 뭐하는 짓이야?"

"저, 아저씨, 이 게임이 정말 하고 싶어서요."

조로리는 퉁퉁 부은 코를 어루만지면서

카드를 게임기에 꽂고 전원을 켰습니다.

"소용없어. 그건 망가져서 작동이 안 된다고!"

오락실 사장이 말한 대로

화면에는 검은 줄이 생긴 채

전혀 작동되지 않았어요.

그때였어요.

얼 얼

달
칵

이시시와 노시시가

몬스터들을 데리고 오락실에 도착했습니다.

"우아, 조로리 씨가

우리의 게임을 지켜 주셨군요."

몬스터들이 게임기 앞으로 달려갔습니다.

갑자기 무시무시한 괴물들에게 둘러싸인

오락실 사장은 깜짝 놀라

기절하고 말았습니다.

"지금이 기회다.

빨리 게임 안으로 들어가라. 자, 서둘러."

조로리가 미앙 공주의 손을 잡고

게임 속으로 들어가려고 할 때였어요.

살았다!

이제
돌아
가는
구나.

"가면 안 돼유. 가지 말아유!"
이시시와 노시시가
조로리의 다리를 붙잡았습니다.
조금 전까지 조로리가 결혼한다고
그렇게 좋아하더니
도대체 왜 그러는 걸까요?

조로리는
이런저런
생각으로
머리가
복잡해
졌어요.

후회는
없다.

엄마의 영혼은
게임 나라에서도
이 몸을 지켜 줄까?

살아있을지도 모르는
조종사 아빠를
만날 수 있는 기회는
없어지는 건가?

엄마와 한 약속은
이 세계에서
성을 세우는 것이었지?

이 세계에서
끝내지 못한
일은
없는 걸까?

게임 나라의
음식은
맛있을까?

조로리가
계속
고민하자
미앙 공주가
다가왔어요.

이 몸의 귀여운 부하들,
이시시와 노시시의
얼굴을 두 번 다시
못 보게 되는 걸까?

이대로 못 돌아오게 되면
어린이 여러분과
영영 못 만나겠지!?

게임 속으로 들어가면
몬스터만 잡으러
다니는 인생이
반복되겠지!?

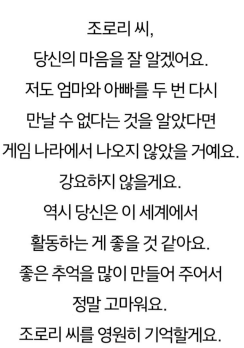

조로리 씨,
당신의 마음을 잘 알겠어요.
저도 엄마와 아빠를 두 번 다시
만날 수 없다는 것을 알았다면
게임 나라에서 나오지 않았을 거예요.
강요하지 않을게요.
역시 당신은 이 세계에서
활동하는 게 좋을 것 같아요.
좋은 추억을 많이 만들어 주어서
정말 고마워요.
조로리 씨를 영원히 기억할게요.

미앙 공주가
조로리의
손을 꽉
잡았어요.
그때

"<u>으으으음</u>."

오락실 사장이 신음 소리를 냈습니다.

"이 녀석이 깨기 전에 얼른!

모두 서둘러라."

임금님이 재촉하자 몬스터들이

모두 게임 속으로 들어갔습니다.

게임 나라로
돌아간
미앙 공주는
눈물을
글썽였어요.

"조로리 씨, 가끔 이 게임을 하면서
저를 생각해 주세요."
미앙 공주의 말이 끝나자마자
화면에는 검은 선이 사라지고

게임 오버라는
글자가
선명하게
나타났습니다.